Pedro Antonio de Alarcón

El año de Spitzberg

Barcelona **2024**
Linkgua-ediciones.com

Créditos

Título original: El año de Spitzberg.

© 2024, Red ediciones S.L.

e-mail: info@linkgua.com

Diseño de cubierta: Michel Mallard.

ISBN rústica: 978-84-96428-28-7.
ISBN ebook: 978-84-9953-078-9.

Sumario

Créditos_____ 4

Brevísima presentación_____ 7
    La vida_____7

I_____ 9

II_____ 10

III_____ 11

IV_____ 13

V_____ 14

VI_____ 15

VII_____ 16

VIII_____ 17

IX_____ 18

X_____ 19

XI_____ 20

XII_____ 22

XIII_____ 24

XIV_____ 25

XV _____ 27

XVI _____ 28

XVII _____ 29

XVIII _____ 30

XIX _____ 32

XX _____ 34

Epílogo-dedicatoria _____ 35

Libros a la carta _____ 37

Brevísima presentación

La vida

Pedro Antonio de Alarcón (Guadix, Granada, 1833-Madrid, 1891). España. Hizo periodismo y literatura. Su actividad antimonárquica lo llevó a participar en el grupo revolucionario granadino «la cuerda floja».

Intervino en un levantamiento liberal en Vicálvaro, en 1854, y —además de distribuir armas entre la población y ocupar el Ayuntamiento y la Capitanía general— fundó el periódico *La Redención*, con una actitud hostil al clero y al ejército. Tras el fracaso del levantamiento, se fue a Madrid y dirigió *El Látigo*, periódico de carácter satírico que se distinguió por sus ataques a la reina Isabel II.

Sus convicciones republicanas lo implicaron en un duelo que trastornó su vida, desde entonces adoptó posiciones conservadoras. Aunque no parezca muy ortodoxo, en el prólogo a una edición de 1912 Alarcón es considerado un escritor romántico.

I

Estoy viendo desaparecer hacia el Mediodía el buque ballenero que me deja abandonado en esta isla desierta, sobre la arena de una playa sin nombre.

¡Heme aquí solo; solo en un ámbito de mil leguas!

Yo amaba a una mujer... El demonio de los celos me mordió el corazón, y he matado a mi rival en desafío... ¡Era un príncipe!

Y el Gobierno ruso me ha condenado a pasar aquí un año...; es decir, me ha condenado a muerte.

¡Ah! ¿Por qué no me entregó al hacha del verdugo? ¿Por qué hacerme expirar de frío, de hambre, de tristeza, de desesperación, o disputando mi cuerpo al terrible oso blanco, si mi delito no era más que uno?

¡Spitzberg!... ¡Estoy en el terrible archipiélago que ninguna raza ha podido habitar!¡Me hallo a los 77 grados latitud Norte, a doscientas sesenta leguas del Polo!

Creo haber oído decir a mis asesinos que esta isla es la del Nordeste, la más meridional del horroroso grupo, la más templada de todas... ¡Cruel compasión... que prolongará algunas horas mi agonía!

Ignoro en cuál de estos témpanos de hielo eterno tiene la Rusia una colonia para la peletería y la pesca de la ballena; pero lo que sí sé es que los colonos emigrarían a la Laponia a fines de agosto, hace dos meses, y no volverán hasta la primavera... ¡dentro de doscientos cuarenta días!

¡Estoy, pues, solo, sin hogar, sin amparo, sin víveres, sin consuelos!

¡Morir! He aquí mi inevitable y próxima suerte.

Hoy es 17 de octubre... El frío avanza por el Norte... Dentro de pocos días me helaré, sin remedio.

Entre tanto me alimentaré con la caza. ¡Siquiera esos crueles me han dejado una escopeta... «por si quería suicidarme de este modo». Mataré rengíferos, chuparé hielo y me procuraré un abrigo entre esas rocas. El inglés Parry habitó cabañas de nieve en el Norte de América a los 73 grados. ¡Ah! Sí....; ¡pero yo estoy cuatro grados más cerca del Polo, y no tengo fuego para calentarme!

¡Morir! ¡Morir! ¡He aquí mi infalible destino!

II

Han transcurrido seis días.

Una ráfaga de esperanza brilla ante mis ojos...

Me he procurado fuego como Robinsón, rozando dos pedazos de cedro.

Ayer encontré en el centro de inmensa roca una profunda cavidad muy reservada del frío.

Todos los días mato cinco o seis rengíferos, los despedazo y conservo la carne entre los témpanos de hielo.

Así se conservará incorrupta hasta el año que viene.

También hago provisión de combustibles. No tengo hacha; pero el frío me sirve de leñador. Todas las noches crujen algunos árboles y saltan hechos astillas por el rigor de la helada, y yo traslado a mi gruta cada mañana miles de estos fragmentos, que alimentarán mi hogar hasta que muera.

Voy, pues, a entablar una insensata lucha con el invierno. ¡Porque deseo vivir y volver al lado de los hombres! ¡Porque la soledad me ha vuelto cobarde!... ¡Porque adoro la vida!...

III

El frío es ya irresistible...

Ha llegado el momento de encerrarme en las entrañas de esa peña; de incrustarme en su centro como un marisco en su concha.

Antes de sepultarme en la que acaso será efectivamente mi tumba; antes de vestirme esa mortaja de piedra, quiero despedirme del mundo, de la Naturaleza, de la luz, de la vida...

Camina el Sol tan poco elevado en el horizonte, que desde que sale hasta que se pone no hace más que recorrer su ocaso como luminoso fantasma que da vueltas alrededor de su sepulcro.

Sus rayos, pálidos y horizontales, reverberan tristemente sobre el mar.

Las aguas empiezan a rizarse... Pronto quedarán encadenadas por el hielo.

La bóveda celeste ostenta un azul cárdeno y sombrío, que la hace aparecer como más distante de la Tierra.

El soplo del aquilón quema y marchita las tristes flores que osaron desplegar aquí sus encantos, y ata con lazos de cristal el curso de los torrentes... ¡Helos ya mudos, inmóviles, petrificados en sus enérgicas actitudes, como trágicos héroes esculpidos en mármol!...

Reina un silencio sepulcral, un silencio absoluto. No se oye ni canto de ave, ni rumor de corriente, ni suspiro de brisa, ni columpio de planta...

¡Ni movimiento ni ruido!... ¡Nada! ¡El mutismo del no ser: he aquí todo! La eternidad y lo infinito deben de parecerse a estas monótonas soledades, a estos páramos de inacción y muerte.

El calor de mi sangre, los latidos de mi corazón, el soplo de mi aliento, el eco de mis pasos, son los únicos síntomas de vida que ofrece la Naturaleza. Me creo, pues, solo en un mundo cadáver, en una planeta posterior a su Apocalipsis; en la Tierra misma pasado el juicio final...

> Hoy tiene el día dieciséis minutos.
> Mañana no saldrá el Sol.
> Mañana me ocultaré yo por seis meses; él por tres.
> ¡Oh, Sol! ¿Volveremos a vernos?

¡Qué frío tan espantoso!...

La humedad del aire se convierte en agujas de hielo que punzan mi semblante.

Mi aliento me rodea de una especie de niebla que no puede elevarse a la condensada atmósfera.

El humo de mi escopeta se dilata también horizontalmente.

Ayer toqué el gatillo sin mis gruesos guantes, y mis dedos quedaron tan fuertemente unidos al acero, que, para separarlos, hube de dejarme allí la piel.

La sábana blanca que se extiende indefinidamente alrededor de mí y las irradiaciones de la luz en ella hanme producido en la vista una terrible inflamación...

Pronto vendrá el escorbuto...

¡Oh! ¡Qué espantosa es esta lucha de mi vida con la muerte de todo lo creado!

IV

En efecto: ayer apareció el Sol; no por el Oriente, sino por el Sur. Trazó en lontananza un ligero semicírculo, y se hundió al cabo de un cuarto de hora. Hoy es el 7 de noviembre, el tremendo día del Spitzberg,, el último en que ve el Sol...

Son las once y media de la mañana.

Hace tres horas que un esplendoroso crepúsculo luce en el remotísimo confín de los cielos.

Mas el Sol no aparece...

¡Ah!... ¡Sí!... ¡Helo pálido y entristecido, pugnando por asomar su frente!....

Pero el disco no se eleva...

El limbo solamente pasa rozando por el límite del cielo y de las olas...

¡Un momento más, y ha desaparecido!

¡Adiós para siempre, padre de la luz, corona de los cielos, alma del mundo!

¡Adiós, mi último amigo! ¡Adiós, y vuelve!

V

¿Cuánto tiempo ha transcurrido?

No lo sé.

Mi reloj anduvo una semana: el frío lo paró después, ó, mejor dicho, lo mató.

El frío lo mata todo.

Ignoro, pues, qué día es hoy.

Pero ¿qué significa la palabra hoy?

El hoy no existe para mí.

Mi vida carece de horas.

Lo pasado, lo presente y el porvenir forman horrible grupo en mi imaginación.

Un momento continuo: tal es el tiempo dentro de este sepulcro.

Si los muertos pensaran en el panteón, padecerían lo que yo padezco.

Los siglos caminan más deprisa que aquí los instantes.

Un invierno en Spitzberg da una idea de la eternidad en el infierno.

¡Y qué abismo sin fondo de mi tenaz meditación!

Mis ideas, indefinidamente desbordadas, explayadas, extendidas por el páramo de mi no ser, concluirán por escapárseme..., y no me volveré loco.

Vivo náufrago y sin tabla en un océano de negaciones. Paréceme un sueño la idea deque existe el mundo. Dudo hasta de mi propia existencia. Mi desesperación es más cruel que la de los ateos: ellos niegan el porvenir; yo niego lo presente. Yo no he perdido la esperanza, sino la realidad.

VI

¡Qué lejos estoy de los hombres! ¡Qué olvidado sobre la tierra! Hacia cualquier parte que dirijo el pensamiento, disto de la humanidad centenares de leguas.

Mil quinientas millas al Occidente se halla la Groenlandia, continente de hielo que enlaza dos mundos...

Al Norte... ¡no hay más que el Polo!

El Océano Alántico se dilata por el Sur...

Allá está el continente europeo, con su perdurable primavera... Luego, el África, ¡la patria del Sol... Después, las zonas antárticas, gozando ahora de los favores del estío...

Al Oriente, a dos mil cuatrocientas millas de este archipiélago, solo se halla la Nueva Zembla.

¡Oh! ¡Qué pesadilla descorrió en mente humana ilusión tan negra como la realidad de mi desventura!

VII

El upas, árbol venenoso de la Oceanía, no deja brotar ni una planta en el ámbito que cobija su ramaje.

Donde el caballo de Atila sentaba el pie no volvía a nacer la hierba.

El envidioso no ve más que la sombra del bien ajeno.

El egoísta está siempre asfixiado por falta de otro mundo que absorber...

El escéptico vive negativamente.

¿Y yo? ¿Qué soy? ¿Qué hago? ¿Cómo vivo?

VIII

¡Cuántos brillantes salones se abrirán en este momento a una multitud alegre y bulliciosa!

El baile..., el amor..., la música...

¡Condenación para mí!

Allá imagino un perfumado gabinete, una chispeante chimenea, alfombras, butacas, pieles, café, ron, tabaco...; una plática tierna, descanso del placer, incentivo de más placeres...; una alcoba tibiamente alumbrada, un lecho mullido y el sueño de la felicidad... —¡Ay, mi Alejandra!

Pero no... Estoy en San Petersburgo. Es una tarde de mayo. Tomamos el Sol en embalsamados jardines. La gente ríe, habla acá y allá, me saluda... —¡Alejandra! ¡Alejandra mía!

¡Tampoco!

¡Ah, qué perdurable noche!...

¿Cuándo llegará mañana?

IX

Nuevas eternidades han rodado sobre mi cabeza.

Duermo mucho.

¿En qué hora, en qué día, en qué mes me encuentro?

¿Ha pasado ya un año, o una semana solamente?

¿Abulto yo el tiempo con la imaginación o no lo siento. pasar y lo achico?

¿De qué pecan mis cálculos? ¿de exagerados o de cobardes?

¡Oh! ¿Qué es este tiempo sin medida, pro indiviso, sin cronómetro, sin día ni noche, sin Sol, Luna ni estrellas? ¡Es el caos; es la nada con un solo ser, como mi pobre espíritu, abismada en el eterno vacío!

Me he puesto a veces las manos sobre el corazón; he sumado luego los latidos que he contado en distintas ocasiones, y ha pasado de un millón la suma total!

¡Un millón de latidos!... ¡Un millón de segundos! ¡Once dias y medio!

¡Y luego se deslizan los años de nuestra ventura como pájaros por el aire, sin dejar rastro en la memoria!

¡Cuántas veces me vio el crepúsculo de la tarde al lado de mi adorada, y llegó la noche, y pasó, y rayó el día...., y toda esta cantidad de tiempo no fue otra cosa que una larga mirada!

¡Oh! ¡Cuántas inmensidades contiene un minuto de dolor!

Y ¡cuán pasajera es uni inmensidad de dicha!

X

Las rocas crujen sobre mi cabeza.

Parece que la isla va a partirse en mil pedazos.

Este debe de ser el vendaval del equinoccio...

Es decir, que marzo habrá mediado ya y que el Sol lucirá en el horizonte...

¡Voy a salir! ¡Quiero ver el cielo! ¡Quiero ver el Sol!

Pero ¿qué oigo?

Los osos blancos rugen terriblemente... ¡Mejor! ¡Lucharemos!...

¡También yo tengo hambre de sangre caliente, de carne que palpite entre mis uñas!

Cojo la escopeta; rompo el hielo que obstruye la entrada de esta gruta, y salgo...

¡Extraña debe de ser mi aparición entre las nieves! ¡Pareceré una fiera que deja su cubil, un monstruo que sale del infierno, Lázaro que se levanta de la tumba!

XI

¡Me he engañado miserablemente!

Creía hallarme en la primavera; esperaba ver el Sol; contaba con que habrían transcurrido cuatro o cinco meses... ¡y me hallo con el invierno, y es de noche, y estamos en enero, a juzgar por la disposición de las estrellas!...

¡Aun no ha mediado mi sufrimiento, cuando yo no podía sufrir ya más!...¿Qué va a ser de mí?

He allí la Luna en el cenit oscuro del firmamento...

Parece una blanca paloma venida de otros horizontes a visitar un mundo olvidado por el Criador...

¡Doloroso espectáculo!

Por dondequiera que miro, veo solo un interminable páramo, una soledad sin límites...

El mar helado, y cubierto además de nieve, no se diferencia de la tierra.

Los elementos se confunden aquí como las horas de mi ocio.

Todo ha mudado de sitio, de forma, de color.

El valle está repleto de nieve y nivelado con el monte.

El árbol se asemeja a una campana de cristal.

La superficie del Océano no es lisa: fantásticas breñas de hielo la cubren.

Y todo está mudo, blanco, frío, inmóvil.

¡Qué monotonía tan desesperadora!

El cielo aparece negro al lado de la reverberante claridad de la Luna y de la nieve.

Las estrellas se ven tan lejos y tan atenuadas, que parecen pertenecer a otros mundos.

Mas ¿por qué se extiende de pronto una oscuridad densísima?

¿Por qué las estrellas fulguran en la sombra con un brillo desusado?

¿Qué es esto?

Desbórdase de la Luna un océano de claridad; la blanca sábana que envuelve la creación refleja una luz intensa; la lontananza del horizonte se rasga y se prolonga...

En seguida las tinieblas se tornaron espesísimas.

¿Qué misterio se obra en la Naturaleza? ¡Oh! ¡La aurora boreal!

El Septentrión se inflama con mil luces y colores; una llamarada de oro y fuego inunda el espacio ilimitado; las soledades se incendian; los monolitos de hielo brillan con todos los matices del arco iris. Cada carámbano es una columna de topacio; cada estalagmita, una lluvia de zafiros. Rásgase la penumbra, y descúbrense océanos de claridad...¡Allá adivino el Polo alumbrado intensamente, erial solitario que ningún pie humano llegará a hollar nunca! Y en aquella región de continuo espanto creo divisar el eje misterioso de la Tierra...

Único espectador de este sublime drama, caigo instintivamente de rodillas...

¡He aquí los confines del Globo trocados en esplendoroso templo, en una capella ardente, en un sagrario de purísimo oro derretido!

Dominando tan vasta iluminación álzanse columnas de llama aérea, arcos de divina lumbre, bóvedas de flámulas desatadas... Así se conciben la cuna del rayo, el manantial de la luz, el lecho del Sol en la fulgente tarde...

¡Cuánta vida, cuánto ardor, cuánta belleza en el universo! ¡Qué lujo de fuego y de colores después de tanto tiempo en que mis ojos solo vieron la atonía del color y de la existencia!

Pronto se concentran en un punto tantos ríos de ebulliciente claridad, y fórmanse mil soles de fuegos fatuos, que se apagan sucesivamente, como la iluminación de terminada fiesta. Los prismas se decoloran: la escarlata amarillea: la púrpura toma un tinte violado...

¡Otra vez desolación y tinieblas!

El meteoro ha desaparecido.

XII

Heme de nuevo en mi sepulcro.

El ocio y el frío combaten otra vez mi cuerpo y mi alma.

¡El ocio! Acurrucado frente a la hoguera paso unas horas sin medida...

Mis ojos se nutren de la llama: mi corazón respira olas de fuego. Sin este fuego no fluiría mi sangre... El ocio y el frío son una misma cosa.

Y pasa el tiempo...

Ya pienso en nimiedades, en frívolas relaciones de un átomo de ceniza con un átomo de lumbre: ya se desentumecen mis ideas, y recorro el mundo de una ojeada.

Mi niñez y mis amores; toda la historia de mi vida pasa ante mi imaginación...

Cuando salga de aquí, si lo consigo, habré nacido de nuevo.

El frío y el ocio han cristalizado otro ser con los despojos de mi ser pasado.

¡Cuánto profundo y asolador pensamiento, cuánta negativa ciencia adivinada sacaré de esta prisión!

La soledad me ha engrandecido de un modo horrible, espantoso...

He visto el mundo y la sociedad tan a lo lejos, en tan graduada perspectiva, que he adquirido el conocimiento exacto de todas las cosas.

¡Cuánta pequeñez he dejado de apreciar!... ¡Pequeñeces que allá juzgaba de alta trascendencia!

¡Oh! ¡Si vuelvo al mundo viviré soberanamente, sin que el velo de la preocupación me oculte la felicidad, sin que la costumbre me aprisione entre sus redes! ¡Qué invulnerable me hizo la desesperación!

Entre mi corazón y el mundo no hay ya ningún lazo: el hielo nos separó para siempre.

¡Yo soy yo! Todos los hombres son una unidad, y yo soy otra.

¡Yo soy, pues, un mundo! ¡Un mundo rival de aquél!

¡Yo lo aplastaré mañana bajo mi egoísmo, como el me arrojó ayer de su seno!

Yo era humilde: yo quería mi puesto en aquella familia de hermanos; yo abdicaba mi individualidad por conseguir solidaridad en un poco de amor... Hoy me han endurecido mi pensamiento y su crueldad. ¡Guerra a muerte!

¡Me basto contra todos!
¡Tengo frío en el alma como en el cuerpo!

XIII

Después de otra eternidad de inacción, que así puede haber sido un día como un año (pues no tengo conciencia de mi propia vida), abandono de nuevo esta caverna.

El frío material es insoportable...

¡Oh!...., ¡qué duda tan espantosa llevo en el cerebro!...

¡Acabo de pensar que acaso habrá transcurrido ya el verano; que bien puedo encontrarme con nuevas nieves; que quizás ha empezado otra noche de dos mil doscientas horas!...

¡Ah!... Este pensamiento me hiela el corazón y el alma.

He salido de la gruta.

¡Aun es de noche!

¡Tremendo problema!... ¿Qué noche es esta que estoy mirando?

¿Es que no ha concluido el invierno de mi condena?

¿Es que ha empezado otro?

¿En qué año me encuentro?

XIV

¡Oh ventura! ¡El horizonte se tiñe de color de rosa hacia el Mediodía! Dijérase que la aurora boreal brilla en el punto opuesto de la bóveda celeste...

Pero no es la fatua aurora boreal.... ¡Es al verdadera aurora, la aurora del día!...

El aliento del ecuador enrojece las brumas del Océano...

Los hielos sonríen por todas partes al recibir las caricias de la primera alborada...

Las estrellas se borran en el cárdeno firmamento...

La Luna se oculta por el Septentrión...

¡Está amaneciendo!

¡Salve, primera luz del alba!

¡Salve, rayo perdido del astro deseado, que vienes a alegrar estos desiertos!

¡Salve, cabello luminoso, desprendido de la dorada frente del Sol!

¡Ya es de día!

Así despertaría el mundo el día de, la creación.

Así saldría la creación de las tinieblas del caos.

Así renacería la especie humana cuando volvió la paloma al arca de Noé con el ramo de oliva.

En cuanto a mí, hoy despierto de la nada del no ser, de esa negación sin nombre en que he vivido tantos meses.

Hoy sacuden mis sentidos su letargo, y la luz turba la monotonía de la noche y de la nieve.

Hoy renazco a la vida, y ese rayo matinal que colora el Oriente viene a ser el iris que me presagia mejores días.

Hoy, en fin, se reanuda midulce consorcio con la esperanza de vivir.

Una hora ha durado la alborada.

Hubo un momento en que me pareció que el Sol iba a salir.

La cerrazón de niebla que entolda el horizonte amenazaba romperse...

Todo ha desaparecido.

He contemplado, pues, sin intervalo alguno el crepúsculo de la mañana y el de la tarde. ¡Espectáculo grandioso! Mi corazón rebosa de entusiasmo y de alegría.

Hoy debe ser el 4 de febrero.

XV

Día 5.

Los resplandores del Sol han durado hora y media.

La cúspide de una montaña elevadísima ha reflejado por un momento los rayos del Sol.

¡Yo lo veré mañana!

XVI

¡El Sol! ¡El Sol!

¡Al fin has brillado ante mis ojos, astro divino, manantial de luz, foco de la vida!

¡Cómo me alegra el alma esta corta visita que hoy haces al Spitzberg!

¡Bendito seas mil veces, rey de la Naturaleza, coronado de rayos y vestido de oro, que te anuncias al mundo con la risueña aurora y te despides con el melancólico suspiro de la tarde!

¿Qué son las estrellas sino tu brillante séquito, tu numerosa corte, que tarda una noche entera en desfilar por los cielos?

XVII

Han transcurrido tres meses más, abreviados por la esperanza.

¡La primavera! La diosa de los perfumes y de la armonía sonríe ya en el cielo, en la tierra, en el mar y en el ambiente.

Todo vive; todo se agita; todo se alegra.

El Sol acaba de ocultarse por el Norte: ¡dentro de una hora volverá a salir!

Pasado mañana, que deberá ser el 5 de mayo, empezará el día de tres meses, durante el cual vendrá algún buque groenlandero a este archipiélago, y me volverá al mundo habitado por los hombres.

En este instante iluminan la tierra cinco distintos resplandores: el crepúsculo de la tarde, la claridad del amanecer, un perdido destello de la agonizante aurora boreal, el moribundo resplandor que desde el Sur envía la menguada Luna, y la vacilante luz de las remotísimas estrellas.

El blinc, o sea la refracción de la nieve, mezcla su fulgor a tantos fulgores, dando a la Naturaleza cierto vislumbre fantástico.

XVIII

He aquí a la Creación revestida de todos los encantos que se atreve a desplegar en esta latitud.

El mar ha roto sus cadenas de hielo y mece en lontananza sus verdes olas.

El viento ha recobrado su elasticidad... ¡Siquiera el ruido es ya una distracción en esta ociosidad perdurable!

Óyense hacia el Norte estruendos misteriosos...

Es que se hunden los alcázares de cristal que edificó la mano del invierno.

Incesantemente se deslizan por el Océano, ¡viniendo del Polo, mil flotantes islas, que pasan ante mis ojos como fantasmas, hijos del espanto de estas regiones, o como ambulante cordillera...

Son témpanos de hielo que desharán mañana las brisas del Círculo polar.

Esto sucede en el Océano. En la tierra todo sonríe, murmura, canta y se desenvuelve.

Las campiñas se cubren de cierta verdura, algunos vegetales cuelgan por los laderos de las montañas, y hasta en la nieve brotan amarillos fresales.

Mil cascadas y torrentes, formados por el deshielo, corren, saltan y se derrumban con alegre estrépito, comunicando al aire e stremecido placidísimos rumores.

Las adormideras blancas y las doradas siemprevivas inclinan sus lánguidas cabezas sobre la espuma de las aguas como náyades voluptuosas.

Los cedros seculares y los desgajados abetos se cubren de oscuras hojas.

El liquen festonea los zócalos de las montañas.

Dondequiera hay variedad, colores, vida, movimiento.

La isla canta, el mar se lamenta, la atmósfera murmura... ¡Magnífico concierto!

El burgomaestre, el buitre polar, arroja su prolongado grito.

Los mallenaks trinan con blanda melodía.

Los rotger modulan su patético gorjeo, semejante al arrullo de la tórtola.

El apura-nieves, el pájaro de oro, revolotea de acá para allá, como una estrella sin destino.

¡Qué transformación, qué resurrección tan admirable!

Y, sin embargo, esta primavera sería aterradora comparada con el más rudo invierno de Escocia.

XIX

¡Ah! ¿Qué es aquel punto negro que se destaca sobre los confines del Océano, bajo la cúpula azul del firmamento?

Mi corazón late con una violencia irresistible. ¿Me habré engañado?

¡Gracias, Dios mío! ¡Es un buque ballenero!

Viene hacia aquí...

Irá al estrecho de Henlopen, y pasará a un cuarto de milla de esta isla.

Mi escopeta le avisará.

¡Me he salvado!

¡Desesperación!

El frío ha destruido el organismo de mi escopeta.

¡No podré hacer señal a ese buque!

Lo estoy viendo... Dista de aquí una milla... Es un groenlandero

—¡Socorro! ¡Socorro! ¡Socorro!

¡Ah! No puedo más: mi voz enronquece...

¡Estoy tan extenuado!...

—¡Socorro!...

¡No me oyen!

¡Oh, estar tan cerca de los hombres y no salvarme!

¡Ver el puerto después del naufragio, y morir sin tocar la orilla!

¡Morir como Prometeo, encadenado en una roca!

¡Morir después de un año de martirio, después de haber, comprado la vida con diez meses de sepultura!

¡Y no hay remedio!

¡Ya doblan el cabo de Henlopen!...

¡Desaparecieron!... ¡Ay!... ¡Desaparecieron!

¡Tremenda ironía de mi destino!

¡Necio de mí, que me reconcilié con la esperanza! ¡Necio de mí... que... ¡Ah! ¡No huyas de esa manera ante mis ojos, Dios mío!

¿Y qué?

¿He de confiarme de nuevo a una suerte cruel que se burla de mis lágrimas?

¡No!

Estoy decidido.

Yo mismo me daré la muerte.

Esto es mejor que pasar otro invierno enterrado vivo en un sepulcro.

¡Los sepulcros se han hecho para los muertos!

XX

A bordo del Grande Esberrer.

Día 8 de agosto.

Camino hacia los lares patrios.

Acabo de perder de vista la última montaña del Spitzberg.

El buque que me ha recogido es el mismo que vi alejarse al estrecho de Henlopen.

Cuando me desangraba por cuatro cisuras que me hice en pies y manos, la tripulación del Grande Esberrer, que había desembarcado en otra rada de la isla del Nordeste, me encontró tendido en tierra y me salvó la vida...

Llegué al Spitzberg a la edad de diecinueve años, y he permanecido allí diez meses. Sin embargo, los marineros que me acompañan, al ver encanecidos mis cabellos, mi frente surcada de arrugas y mis ojos tétricos y apagados, me creen llegado a la edad de treinta y cinco o cuarenta años...

Guadix, 1852

Epílogo-dedicatoria

A mi buen amigo el: señor don José J. Villanueva

Te remito un puñado de canas de mi cabeza.

El papel en que van envueltas es mi fe de bautismo.

Por ella verás que tengo veintiún años: de consiguiente, tenía diecinueve cuando escribí el anterior monólogo.

Dice un refrán que por todas partes se va a Roma.

Y yo añado que por cualquierparte se va a Spilzberg.

Este epílogo es también la dedicatoria de la presente obrilla.

Recíbelo todo con indulgencia, y devuélveme la fe de bautismo.

Madrid, 1854

Libros a la carta

A la carta es un servicio especializado para

empresas,

librerías,

bibliotecas,

editoriales

y centros de enseñanza;

y permite confeccionar libros que, por su formato y concepción, sirven a los propósitos más específicos de estas instituciones.

Las empresas nos encargan ediciones personalizadas para marketing editorial o para regalos institucionales. Y los interesados solicitan, a título personal, ediciones antiguas, o no disponibles en el mercado; y las acompañan con notas y comentarios críticos.

Las ediciones tienen como apoyo un libro de estilo con todo tipo de referencias sobre los criterios de tratamiento tipográfico aplicados a nuestros libros que puede ser consultado en Linkgua-ediciones.com .

Linkgua edita por encargo diferentes versiones de una misma obra con distintos tratamientos ortotipográficos (actualizaciones de carácter divulgativo de un clásico, o versiones estrictamente fieles a la edición original de referencia).

Este servicio de ediciones a la carta le permitirá, si usted se dedica a la enseñanza, tener una forma de hacer pública su interpretación de un texto y, sobre una versión digitalizada «base», usted podrá introducir interpretaciones del texto fuente. Es un tópico que los profesores denuncien en clase los desmanes de una edición, o vayan comentando errores de interpretación de un texto y esta es una solución útil a esa necesidad del mundo académico.

Asimismo publicamos de manera sistemática, en un mismo catálogo, tesis doctorales y actas de congresos académicos, que son distribuidas a través de nuestra Web.

El servicio de «libros a la carta» funciona de dos formas.

1. Tenemos un fondo de libros digitalizados que usted puede personalizar en tiradas de al menos cinco ejemplares. Estas personalizaciones pueden ser de todo tipo: añadir notas de clase para uso de un grupo de estudiantes,

introducir logos corporativos para uso con fines de marketing empresarial, etc. etc.

2. Buscamos libros descatalogados de otras editoriales y los reeditamos en tiradas cortas a petición de un cliente.